El nombre en latín del león es *Panthera leo*.

The latin name for the lion is *Panthera leo*.

I ♥ Lions

Las leonas suelen ser las cazadoras de la manada. Los machos protegen el territorio donde viven.

Female lions are usually the hunters in the pride. The males protect the territory where they live.

La creciente población humana provoca que gran parte del hábitat de los leones se esté convirtiendo en asentamientos y agricultura. Esto significa que los leones tienen menos presas para cazar.

The growing human population means that much of the lions' habitat is being converted into settlements and agriculture. This means there is less prey for the lions to hunt.

A Sienna y Monet
¡Sean más leonas! xx

For Sienna and Monet
Be more Lion! xx

Esta edición publicada en 2021 en EE. UU. por Child's Play Inc, 250 Minot Avenue, Auburn, Maine 04210
Publicado por primera vez en 2021 por Child's Play (International) Ltd, Ashworth Road, Bridgemead, Swindon SN5 7YD, Reino Unido
Distribuido en Australia por Child's Play Australia Pty Ltd, Unidad 10/20 Narabang Way, Belrose, NSW 2085

Texto e ilustraciones copyright © 2021 Jo Byatt

Se ha afirmado el derecho moral del autor / ilustrador - Todos los derechos reservados

ISBN 978-1-78628-634-5
SJ110621CPL08216345

33614082781849

Impreso en Shenzhen, China

1 3 5 7 9 10 8 6 4 2

Un registro de catálogo de este libro está disponible en la Biblioteca Británica

www.childs-play.com

This edition published in 2021 in USA by Child's Play Inc, 250 Minot Avenue, Auburn, Maine 04210
First published in 2021 by Child's Play (International) Ltd, Ashworth Road, Bridgemead, Swindon SN5 7YD, UK
Distributed in Australia by Child's Play Australia Pty Ltd, Unit 10/20 Narabang Way, Belrose, Sydney, NSW 2085

Text and illustrations copyright © 2021 Jo Byatt

The moral rights of the author/illustrator have been asserted - All rights reserved

ISBN 978-1-78628-634-5
SJ110621CPL08216345

Printed in Shenzhen, China

1 3 5 7 9 10 8 6 4 2

A catalogue record of this book is available from the British Library

www.childs-play.com

Bea en el mar

Bea by the Sea

Jo Byatt

Traducción de Yanitzia Canetti

Translation by Yanitzia Canetti

A Bea le encantaban los leones.
¡Nadie sabía más de leones que Bea!

Bea loved lions.
No one knew more about lions than Bea!

Bea pensaba en leones todo el día.
Bea thought about lions all day long.

¿Qué comen ellos en el desayuno?
What do they eat for breakfast?

¿Les gustaría a los leones un baño de burbujas?
Would lions like a bubbly bath?

¿Los leones van al dentista?
Do lions visit the dentist?

¿Cuántos dientes tienen?
How many teeth do they have?

¿Cuán rápido pueden correr los leones?
How fast can lions run?

Un día, Mamá le dijo:
—Es una hermosa mañana.
¡Vamos a la playa!

One day Mom said,
"It's a lovely morning.
Let's go to the beach!"

–¿Tenemos que ir?
–preguntó Bea–.
¿No podemos quedarnos
y jugar aquí?

"Do we have to?"
asked Bea. "Can't we
just stay and play here?"

A Bea no le gustaba la arena en lo absoluto.
Era demasiado molesta, demasiado pegajosa
y demasiado áspera, especialmente cuando
se le metía entre los dedos de los pies.

Bea didn't like sand at all.
It was too gritty, too sticky,
and too scratchy, especially
when it got between her toes.

Bea se puso las botas y
empacó sus cosas de león.
"Fingiré que soy un león," pensó.
"¡Ellos no le temen a nada!"

Bea put her boots on,
and packed her lion stuff.
"I'll pretend I'm a lion,"
she thought. "They aren't
afraid of anything!"

Bea se tambaleaba, pero se las arregló para saltar de piedra en piedra sin tocar la arena.

Bea was a bit wobbly, but she managed to hop from rock to rock without touching any sand.

–¡Vaya! –exclamó mamá–. ¡Mira esas esculturas de aren[
¡Son increíbles!

"Wow!" exclaimed Mom. "Look at those sand sculptures
They're amazing!"

Pero Bea estaba
demasiado ocupada
en no tocar la aren[

But Bea was
far too busy not
touching the sand.

De repente, tropezó con algo
y cayó de bruces.

¡En la arena!

All of a sudden, she tripped over
something and fell flat on her face.

In the sand!

Bea se quitó
desesperadamente
la arena de la cara.

–¡Hola! Soy León de Arena
–retumbó una voz fuerte–
¿Quién eres tú?

Bea frantically brushed
the sand off her face.

"Hello! I'm Sand Lion,"
boomed a loud voice.
"Who are you?"

–Soy Bea –respondió–.
¡No me gusta la arena
y estoy toda cubierta de arena!
¿Y dónde está mi bota?

"I'm Bea," she replied.
"I don't like sand,
and I'm covered in it!
And where's my boot?"

–Tú te lo estás perdiendo
–respondió León de Arena–.
¡Ven y mira!

"You're missing out,"
replied Sand Lion.
"Come and see!"

–¡Hacer huellas en la arena
es mucho mejor sin las botas!
–explicó León de Arena.

"Making footprints in
the sand is much better
with your boots off!"
explained Sand Lion.

–¡Oh! –chilló Bea–.
¡Se siente tan áspera!

"Ooh!" Bea squealed.
"It feels so scratchy!"

León de Arena pensó
que ella lo estaba haciendo muy bien.
Sand Lion thought she was doing really well.

Ellos escucharon el sonido del mar.

–¡Es como tu rugido! –rió Bea.

They listened to the sound of the sea.

"It's just like your roar!" giggled Bea.

Construyeron un castillo de arena gigante.

They built a giant sandcastle.

Hicieron un enorme ángel de arena. Y un ángel de arena pequeñito.
¡Hasta que Bea quedó cubierta de arena!

They made a big sand angel. And a little sand angel.
Until Bea was covered in sand!

–Supongo que la arena no es tan mala –dijo Bea–.
Pero creo que me la voy a quitar de las manos ahora.
Ella alzó la vista. –¿Qué te sucede, León de Arena?

"I guess sand isn't so bad," said Bea.
"But I think I'll wash it off my hands now."
She looked up. "What's the matter, Sand Lion?"

–Realmente no me gusta el agua –dijo tiritando.

"I really don't like water," he shivered.

—Es mejor cuando te acostumbras —dijo Bea—. Intentemos saltar sobre estas pequeñas olas.

Bea pensó que León de Arena lo estaba haciendo realmente bien.

"It's okay when you get used to it," said Bea. "Let's try jumping over these little waves."

Bea thought Sand Lion was doing really well.

Al final del día, llegó el momento de volver a casa.
At the end of the day, it was time to go home.

–¡Está subiendo la marea!
–gritó Mamá–. ¡Vamos, Bea!

"The tide's coming in!"
Mom shouted. "Let's go, Bea!"

–¡Nos vemos mañana,
León de Arena! –sonrió Bea–.
¡Nos divertiremos mucho!

"See you tomorrow,
Sand Lion!" smiled Bea.
"We'll have such fun!"

A la mañana siguiente, Bea estaba loca por llegar a la playa
—¡Despacio! —rió mamá—. Pensé que no te gustaba la arena
The next morning, Bea couldn't wait to get to the beach
"Slow down!" laughed Mom
"I thought you didn't like sand?"

Pero cuando llegaron, no quedaba
nada de las esculturas de arena.
El castillo de arena había desaparecido.

But when they arrived there was
nothing left of the sand sculptures.
The sandcastle had gone.

¡Y León de Arena
había desaparecido también!

And Sand Lion
had disappeared, too!

Bea se sintió triste. Se sentó en la arena y miró al mar.
El rugido de las olas le recordó la voz de León de Arena.

Bea felt sad. She sat down on the sand and looked out to sea.
The roar of the waves reminded her of Sand Lion's voice.

Recordó lo bien que la habían pasado...

She remembered all the fun they'd had...

... y supo exactamente lo que tenía que hacer.

...and she knew just what to do.

El castillo de arena más alto jamás construido (¡hasta ahora!) medía 17,65 m (58 pies). Fue construido en Alemania en 2019.

The tallest sandcastle ever built (so far!) measured 58ft. It was built in Germany in 2019.

La arena se crea por el desgaste y la erosión de las rocas durante miles de años. Como el calentamiento global hace subir el nivel del mar, muchas playas desaparecerán.

Sand is created by the weathering and erosion of rocks over thousands of years. As global warming causes sea levels to rise, many beaches will disappear.